LE
CHRIST & LE SIÈCLE

CRIME ET FOLIE

POÉSIES DÉDIÉES

A Monseigneur l'Evêque de Dijon

PAR

M. Anatole GOUGENOT

DIJON

IMPRIMERIE J. MARCHAND, RUE BASSANO, 12

1872

LE CHRIST ET LE SIÈCLE

I

Sur la terre livrée à leur sombre puissance,
Le Mensonge et l'Orgueil, la Haine et la Vengeance,
Tous les crimes régnaient et se donnaient la main ;
Et pour fléchir des dieux souillés de tous les vices,
L'Erreur offrait partout d'horribles sacrifices
      Où ruisselait le sang humain.

Les riches, corrompus, pourris jusqu'à la moelle,
Oubliant ici-bas la justice éternelle,
Se plongeaient dans l'orgie et dans la volupté.
Et couronnés de fleurs, hélas ! comme un homme ivre,
Ils marchaient, en chantant, vers la mort que doit suivre
      La redoutable Eternité.

Et tandis que les grands, abusant des richesses,
Se livraient nuit et jour à ces folles ivresses ;
Sur la place publique achetés à vil prix
Et, comme les troupeaux, transmis en héritage,
Les petits gémissaient dans un dur esclavage
      Sans protecteurs et sans amis.

Cependant, du milieu d'une pauvre contrée
Du reste des humains par ses bois séparée,
Une Voix s'élevait, douce et forte à la fois.
Et voici, dans sa langue aussi simple que belle,
Ce qu'à la foule émue et pressée autour d'elle,
      Avec amour disait la Voix :

« Heureux celui qui souffre ! Heureux celui qui pleure,
Et dont la pauvreté visite la demeure !
Car un jour dans le ciel Dieu le consolera.
Heureux, heureux les cœurs amis de la concorde !
Heureux enfin celui qui fait miséricorde !
      Un jour on lui pardonnera. »

La Voix disait encor dans son touchant langage :
« Avec les indigents que le riche partage
Les biens dont l'a comblé votre père éternel ;
La charité vaut mieux encor que la prière,
Et d'un peu d'eau donnée en mon nom sur la terre
      L'aumône peut ouvrir le ciel. »

Et la foule admirait cette étrange doctrine,
Muette et suspendue à la bouche divine
Qui charmait son oreille en captivant son cœur.
Et ces accents nouveaux pour elle pleins de charmes,
De ses yeux attendris faisaient couler des larmes
      Dont elle ignorait la douceur.

Mais des bords du Jourdain au pied du Capitole
Les vents emporteront cette grande parole;
Et les discours d'un Juif sans lettres et sans nom,
Dans la Ville-Eternelle ainsi que dans Athènes,
Retentiront plus haut que ceux de Démosthènes,
　　　Plus loin que ceux de Cicéron.

Oui — David l'a prédit avec tous les prophètes —
Cette Voix doit partout étendre ses conquêtes (1).
Et laissant leurs filets aux rivages des mers,
Quelques pauvres pêcheurs jusques au bout du monde
Vont porter la parole immortelle et féconde
　　　Qui doit éclairer l'univers...

II

　　　La lumière a brillé dans l'ombre :
　　　Et déchirant le voile sombre
　　　Que l'erreur mettait sur ses yeux,
　　　D'un cri d'amour et d'allégresse
　　　L'homme salue avec ivresse
　　　Le jour qui vient combler ses vœux.

(1) Et dominabitur a mari usque ad mare : et a flumine usque ad terminos orbis terrarum. *Ps* LXXI, v. 8.

Les biens prédits par les prophètes,
Et par le plus doux des poètes
Avec tant de grâce annoncés (1),
Le monde en va goûter les charmes
Dans ce triste vallon des larmes
Où tant de pleurs furent versés...

Déjà tout a changé de face :
La haine a fui, l'orgueil s'efface,
L'homme à l'homme n'est plus vendu;
La paix a remplacé la guerre,
Et l'on dirait que sur la terre
Un nouvel homme est descendu.

Comme après une fraîche ondée,
On voit la terre fécondée
Se couronner de mille fleurs,
Dont la beauté suave et pure
Semble rajeunir la nature,
Et charme les yeux et les cœurs;

Par l'amour — céleste rosée —
La terre ainsi fertilisée
Se couvre d'aimables vertus :

(1) Voir la quatrième églogue de Virgile et les *Etudes philoso-
phiques sur le Christianisme*, par A. Nicolas, t. II, p. 168 de l'édi-
tion in-12.

Fleurs immortelles, dont l'arome
Remplit les airs et les embaume
De parfums encore inconnus.

Et libre enfin, libre du doute
Et de l'erreur qui de sa route
L'avait si longtemps égaré,
Aux rayons du jour qui l'éclaire
L'homme au terme de sa carrière
S'avance d'un pas assuré.

III

Deux mille ans ont passé, — mais, comme à son aurore,
Sur la terre aujourd'hui l'astre rayonne encore,
Et rien n'a pu ternir sa divine splendeur ;
Et le soleil d'amour qui réchauffa le monde,
Des mêmes feux encor l'enveloppe et l'inonde
      Et brûle de la même ardeur.

Mais en vain la lumière autour de nous ruisselle,
Et du foyer divin une vive étincelle
A du vieux monde éteint rallumé le flambeau ;
En vain la loi du Christ et si sainte et si pure
De la corruption et de la pourriture
      A fait naître un peuple nouveau.

Après son éclatante et fameuse victoire
Et ses dix-huit cents ans de triomphe et de gloire,
L'Evangile est traité comme on traita le Christ.
Devant l'orgueil humain forcé de comparaître :
« Est-il vrai, lui dit-on, que tu veuilles en maître
      Régner sur le cœur et l'esprit ? » (1)

— « Oui, je veux sur le cœur et sur l'intelligence
En maître souverain exercer la puissance :
Car je suis roi, dit-il, roi pour l'éternité.
Mais je ne règne point par la force des armes ;
Mon empire est plus doux, et mon joug, plein de charmes,
      Est celui de la vérité. »

— « La vérité ! » répond le moderne Pilate,
D'un air indifférent où le mépris éclate,
« Qu'est-elle ? » Et là dessus il lui tourne le dos :
Juge sans loyauté qui craint qu'on ne l'éclaire,
Et qui dans l'accusé ne voit que l'adversaire
      Et le censeur de ses défauts.

Enfin, comme le Christ, dans cette nuit suprême
Où la dérision se mêlait au blasphème,
A des hommes pervers l'Evangile est livré ;
Et l'insulte et l'opprobre, et l'injure et l'outrage

(1) Voir la préface de l'*Essai sur l'Indifférence.*

Pleuvent de toutes parts et souillent chaque page
De ce livre auguste et sacré.

Mais quand de ce flambeau s'obscurcit la lumière,
Ou plutôt lorsque l'homme y ferme sa paupière,
Sur la terre un moment arrêtez vos regards.
En dépit du progrès dont le siècle se vante,
Quelle est la vérité qui soit encor vivante?
Et que voit-on de toutes parts?

L'honneur n'est plus qu'un mot! La vertu méprisée
Partout est devenue un objet de risée,
Et la pauvreté seule est un vice à nos yeux.
L'or est l'unique dieu, le plaisir le seul maître
Que le monde aujourd'hui consente à reconnaître,
Et l'homme ne croit plus qu'en eux.

Un amour effréné des voluptés infâmes
Enerve tous les cœurs, flétrit toutes les âmes;
Et l'on voit chaque jour, sans honte et sans pudeur,
Se traîner dans la boue et ramper dans la fange
Le roi de la nature, effroyable mélange
Et de misère et de grandeur!

En vain à ses regards hébétés et stupides
La nature présente et ses beautés splendides,
Et sa magnificence et ses riches trésors;

En vain, lorsque la nuit a déplié ses voiles,
Il voit dans l'infini resplendissant d'étoiles
      Rouler tous les célestes corps.

De ce livre divin dont chaque mot s'anime,
Tournant tous les feuillets où brille un nom sublime,
— Le nom de Jéhovah, en lettres d'or écrit, —
Il s'arrête à la page obscure ou moins lisible,
Et nous dit fièrement que ce mot si visible
      N'est qu'un rêve de notre esprit...

Et le monde, ébranlé par l'erreur et le vice,
Chancelle de nouveau, comme un vieil édifice
Sous les coups redoublés de la foudre et des vents.
Et pour le raffermir sur sa base tremblante,
L'esprit de l'homme en vain s'agite et se tourmente :
      Tous ses efforts sont impuissants.

Et si Dieu, rejeté par un siècle en délire,
Ne reprend sur nos cœurs ses droits et son empire,
Malheur à nous, malheur ! Les crimes de Paris
Souilleront quelque jour la France tout entière ;
Et léguant à nos fils la honte et la misère,
      Par nos fils nous serons maudits:

CRIME ET FOLIE

Qui habitat in cœlis irridebit eos :
et Dominus subsannabit eos.

(*Ps.* ii, v. 4.)

C'est en vain que du Christ la puissante parole
Triomphant de l'orgueil et de la volupté,
A conquis l'univers de l'un à l'autre pôle ;
Et vingt siècles en vain proclamant la beauté
   De sa morale et de sa vie,
Attestent tour à tour à la Philosophie
Sa sublime sagesse et sa divinité.
« Que parlez-vous de Christ? dit la sagesse humaine ;
« Des siècles à venir maîtresse souveraine,
  « C'est moi qui de l'homme ici-bas
« Dois éclairer la marche et diriger les pas.
« Le Christ a fait son temps ; — et l'heure est arrivée
« Où de la vérité l'admirable flambleau
« Va sur le monde enfin répandre un jour nouveau.

« Et c'est à moi qu'est réservée

« La gloire de porter ce flambeau radieux,

« Dont les vives clartés frapperont tous les yeux.

« Oui, des sentiers obscurs où l'erreur et le doute

« L'ont, pendant six mille ans, égaré tour à tour,

« L'homme enfin va sortir pour marcher au grand jour,

« Et ma main du bonheur va lui tracer la route! »

Mais une fois déjà, par un essai fatal,

Dont l'affreux souvenir doit éclairer la France,

L'orgueilleuse a montré ce que peut la science

Pour rendre l'homme heureux et surtout plus moral...

Qui n'a frémi d'horreur, en parcourant les pages

Où l'histoire indignée a redit les forfaits

De ces monstres cent fois pires que les sauvages,

    Et qui n'avaient de l'homme que les traits?

Ils voulaient, disaient-ils, régénérer la France;

Et dissipant enfin l'erreur et l'ignorance,

L'affranchir à jamais d'un joug avilissant

    Et l'établir dans une paix profonde.

Et la France avec eux eût disparu du monde,

Si, touché de nos maux, un Dieu compatissant

Neût brisé dans la main de la Philosophie

    Le sceptre que sa tyrannie

Avait souillé du sang des peuples et des rois.

Car, tandis qu'en tous lieux on entendait sa voix

Prêcher l'ordre, la paix et l'amour de son frère,

Mêlant le sang du noble au sang du prolétaire

      Et se jouant avec la mort,

Sa main le répandait comme l'eau sur la terre,

Et les fleuves aux mers le roulaient à plein bord.

« Mais l'humanité souffre et le monde est malade, »

Nous disent les savants du haut de leur estrade,

Par le siècle applaudis et par lui soutenus.

— Oui, le monde est malade et l'homme n'en peut plus !

Mais en vain votre orgueil veut lui venir en aide

Et se vante aujourd'hui, comme aux siècles passés,

De connaître à la fois le mal et le remède.

      Croyez-vous, docteurs insensés,

Qui du Christ essayez de détruire l'ouvrage,

      Et qui poussez le cri sauvage

Qu'une ville maudite entendit autrefois,

Croyez-vous nous sauver en renversant la Croix?

Mais ce signe d'amour, objet de notre hommage,

      Qui du juste soutient l'espoir,

Et qui donne ici-bas au faible le courage,

Au crime le remords, la douceur au Pouvoir,

Depuis qu'aux yeux des grands et de la populace

Vous en avez su faire un objet odieux

      Par votre sacrilége audace,

Dites-moi, le malade en va-t-il beaucoup mieux?...

      Non, non, faux savants et faux sages,

      Ni vos discours, ni vos ouvrages

Ne sauveront le monde ; et le seul médecin

Qui puisse le guérir, c'est Celui dont la main

Une première fois sut lui rendre la vie :

C'est le Christ ! —Malheur donc, malheur à vous, docteurs,

Dont l'orgueilleux sophisme ou l'ardente ironie

A ce nom trois fois saint jette l'ignominie,

Et sème, avec le doute, au fond de tous les cœurs,

Le découragement... ou l'espoir de l'impie !

Et vous que Dieu combla des trésors du génie,

Poètes, loin de vous ces chants de volupté

   Dont la mollesse énerve l'âme !

   C'est pour chanter la Vérité

   Et pour la peindre en traits de flamme

Que le ciel vous combla de ces rares présents.

A l'œuvre donc, à l'œuvre ! Et qu'aux mâles accents

   De votre voix forte et profonde

L'homme relève enfin son regard vers les cieux,

   Et qu'un sang pur et généreux

Circule de nouveau dans les veines du monde !

Et maintenant, vous tous qui sous le joug du Christ

Refusez de courber votre tête orgueilleuse,

   Et qui roulez dans votre esprit

Les sinistres projets d'une guerre odieuse

Contre l'Oint du Seigneur et son culte divin,

   Venez apprendre du Prophète

   Quel châtiment Dieu vous apprête

   Et quelle sera votre fin.

« Contre l'Oint du Seigneur et contre Dieu lui-même
Entendez-vous gronder la haine et le blasphème !
Brisons, brisons nos fers et son joug odieux,
Ont dit en frémissant les maîtres de la terre ;
Et leur bras s'est armé pour déclarer la guerre
      Au Dieu qui règne dans les cieux. »

« Inutiles projets ! Vaine et folle entreprise !
Ils voulaient renverser le Christ et son Eglise,
Et Dieu s'est moqué d'eux. Et, pâles de frayeur,
Tous ces fiers ennemis de son saint Evangile,
Le Christ, au jour marqué, comme un vase fragile,
      Les brisera dans sa fureur (1). »

      Et vous, ô vieillard vénérable,
Qu'ils voulaient dépouiller de votre royauté,
En couvrant lâchement d'un motif misérable (2)
Les criminels desseins de leur impiété,
Gardez jusqu'à la fin cette sérénité
      Et ce courage inébranlable
Qui les met en fureur et leur trouble l'esprit.
Jésus dort de nouveau dans la barque de Pierre,
Tandis que la mer gronde et que le vent mugit ;
      Mais de ce sommeil volontaire

---

(1) *Ps.* ii, versets 1, 2, 3, 4 et 9.
(2) L'unité politique de l'Italie.

Sortant au cri de ses enfants
D'un geste il fera taire
Et la mer et les vents.
Et sur les flots calmés par cette main puissante,
De l'immortel Pêcheur la barque vers les cieux
Continûra sa marche triomphante.
Et tandis que l'impie, en la suivant des yeux,
Maudira dans son cœur et le ciel et la terre,
D'un bout du monde à l'autre on entendra bénir
Le triomphe et le nom du successeur de Pierre :
Aux chrétiens le passé répond de l'avenir !

UNE DOUBLE LEÇON

> Si le monde était gouverné par des athées, il vaudrait autant être sous l'empire immédiat de ces êtres infernaux qu'on nous peint acharnés contre leurs victimes.
> VOLTAIRE.

L'impie a dit : « Quand l'homme achève sa carrière,
Tout meurt, et pour jamais il retourne à la terre. »
Et moi je lui réponds : si tout meurt avec nous,
Et s'il faut renoncer à cet espoir si doux
De retrouver un jour dans une autre patrie
Nos parents, nos amis et ceux dont le génie
Se révèle ici-bas par d'immortels travaux,
Pourquoi donc ces honneurs rendus à leur mémoire ?
Pourquoi ce culte des tombeaux ?
Pourquoi ce culte de la gloire ?

Et qui m'expliquera cette ardeur du guerrier,
Et sa joie au moment où vainqueur il succombe,
    S'il doit descendre tout entier
Et dormir à jamais dans le fond de la tombe?...
Si tout meurt avec l'homme, où donc sera le prix
De tant de généreux et nobles sacrifices
Ignorés, méconnus ou payés d'injustices?
Si tout meurt avec l'homme, où donc seront punis
Tant de crimes secrets, tant de forfaits commis
    Dans l'ombre et le silence?...

Et qui croira jamais qu'en paix dans le néant
Dorment les scélérats dont l'horrible démence
Epouvanta la terre et l'inonda de sang?
Le néant n'est qu'un mot inventé par l'impie;
Et malgré les efforts de l'Incrédulité
Pour chasser Dieu du monde et de l'humanité,
Jamais on ne croira qu'au terme de la vie,
Il soit indifférent d'avoir été Néron
Ou saint Vincent-de-Paul ou le doux Fénelon;
Et qu'au fond de la tombe Eustache de Saint-Pierre
Ne soit plus que l'égal du cruel Robespierre (1).

(1) Après la reddition de Calais, le roi d'Angleterre, Edouard III,
ayant exigé que six des plus notables bourgeois vinssent lui ap-
porter les clefs de la ville, la tête nue et la corde au cou, Eustache
de Saint-Pierre se dévoua pour son pays avec cinq autres Calai-
siens; et ils ne durent la vie qu'aux prières de la reine, qui se jeta
aux genoux de son mari pour implorer leur grâce.

Non, non, au Roi-martyr jamais on ne croira
Que la mort pour toujours ait égalé Marat,
Marat, ce monstre affreux dont le nom exécrable
　　　Inspire encore la terreur.
Et si jamais la terre adoptait cette erreur,
Bientôt, pour la punir d'une faute semblable,
L'enfer s'y montrerait dans toute son horreur.
Déjà quatre-vingt-treize était là pour le dire ;
Et de tant de forfaits l'effroyable récit
Ne laissait sur ce point aucun doute à l'esprit.
　　　Mais dans sa rage et son délire,
La Commune a donné de cette vérité
Une preuve plus claire et plus terrible encore;
Et les crimes affreux que la France déplore
Seront à peine crus de la postérité.

DIJON, IMP. J. MARCHAND, RUE BASSANO, 12.

www.ingramcontent.com/pod-product-compliance
Lightning Source LLC
Chambersburg PA
CBHW061428170626
46811CB00005B/2174